瞼《まぶた》のインパール

死地をくぐった装備品（筆者蔵）

補給なきインパール戦
そこにあったものは
インドの豪雨、
赤痢、コレラ、マラリア…
インド・ビルマ戦線での
戦没将兵は十九万人といわれ
中でもインパール作戦は
参加九万のうち六万余柱の
犠牲者を出した
いずれも私と同じ
二十代の青年であった
従軍した多くの報道員も
ほとんど戦死されて
写真も余り残っていない
わたしの瞼に残るものを
描いてみた

仏教の国ビルマ

ビルマの一日は坊さんの托鉢《たくはつ》から始まる。

ビルマの女性

よく働く。ビルマ人は一日食べるだけのモミつきを毎日やっている。気合をかけて、とても面白かった。

ビルマ人の水浴

午後になると水浴のため部落の井戸に女性と子供が集まってくる。大きな笑い声でとてもにぎやかだ。水浴が終わると炊事用の水をカメ一杯、頭に載せて家に帰る。

ビルマの踊り

毎月満月の夜に村人総出で楽しむ。

逃げ足早い上官

仏印、カンボジア、タイ、マレーシアと転進中に、敵機来襲といっては、飛行機に対し射撃の練習（腰を地につけ上向きになって撃つ）をさせた上官。いざビルマに入り、敵機の音がかすかに聞こえただけで、自分ひとり密林へ隠れてしまう。その早いこと。こんなのが多かった。

インパール戦始まる

　昭和十九年三月、北ビルマの山村チャンギーを、指揮官の「前進」の号令でインパールへ進む。この時はみんな元気いっぱい、インパール入城を夢見ていた。そして凱旋《がいせん》はカルカッタから…しかし惨たんたる結果になってしまった。

日本兵とパゴダ（作詞者不詳）

日本からきた兵士たちが
ここで戦に敗れた
傷つきそして力つき
それをパゴダが見ていた
それからいく年流れて
その兵士たちの子供が
ビルマへきてパゴダで鐘をついた

ビルマ婦人たちの協力

頭の上に三、四十キロの荷物を載せて、密林の中を日本軍と一緒に行軍する。

補給なき戦

補給を無視して強引に開始したインパール戦。ほんとに何一つ補給はなかった。あったものは伝染病の赤痢、マラリア、コレラ。そして年間一万五千ミリという世界一の雨量を誇るアッサム州の豪雨だった。

飢えてなお

地獄の戦場といわれたガダルカナル島奪回戦の生き残りの兵士たちがインパール戦に参加していた。「ガ島での退却行軍の時も、飢えて死の苦しみだったが、塹壕《ざんごう》の中でじっとしていることが多かっただけましだった。この印緬（インド・ビルマ）では、飢えてなお歩かなければならない。それだけ余分につらい」と話していた。

飛行機恐怖症

毎日敵機に追われ、中にはノイローゼになる者も出る。かすかな爆音でも恐ろしがって、ところかまわず飛び回るので困った。敵機に見つかるからと、抑えようとしても、ものすごい力で振り切ってまた飛んで出ていく。空からはまる見えだ。

役に立った？軍刀

退却中、泥の中に軍刀が落ちていた。将校も兵も同じ人間、疲れきった体で、刀を落としていったのであろう。日本軍のアクセサリー。何の役にも立たない、本当に飾りだった。戦友と拾って、露営の時に草木を切るのに重宝した。歯はボロボロになったが、これも役に立ったと戦友と大笑いした。

たった一度の友軍機

インパール戦が始まり、敵機の重爆撃が激しいため、ほとんど夜の行軍である。一カ月ぐらいたったころ、夜のジャングル上を飛行機が二機ほど大きな物体を引っぱってゆく。我々には何もわからないし、気持ちが悪い。戦友と「あれはグライダーかな」と話し合い、ただ黙々と歩くだけだった。敵は兵器部隊を後方に運んでいた。前も敵、後ろも敵で、はさみ撃ちだった。この戦で日本の飛行機を見たのは一度きりで、皆喜んで手を振って迎えたが、間もなく敵機に追い返されてしまった。ああ情けない。

異常な戦

　この戦の悲劇は日本軍戦史にも例のないほど異常であった。敵に殺されるよりはるかに多くの将兵が、退却に移ってから、飢えと病気と味方の弾で死んでいったのである。歩けなくなれば日本兵に殺されたのだった。

逃げる軍人

三週間でインパール攻略が達成できず、日本軍の敗色が濃くなった。毎日多くの戦友が戦死、戦傷病死してゆく。明日はいよいよ自分の番かと思うころ、下痢（赤痢）だのマラリアだのと偽って戦場を逃げ出す者が出る。「隊長が何か言ったら知らないことにしておけ。あの隊長うるさいからな」これでは戦争に勝てない。

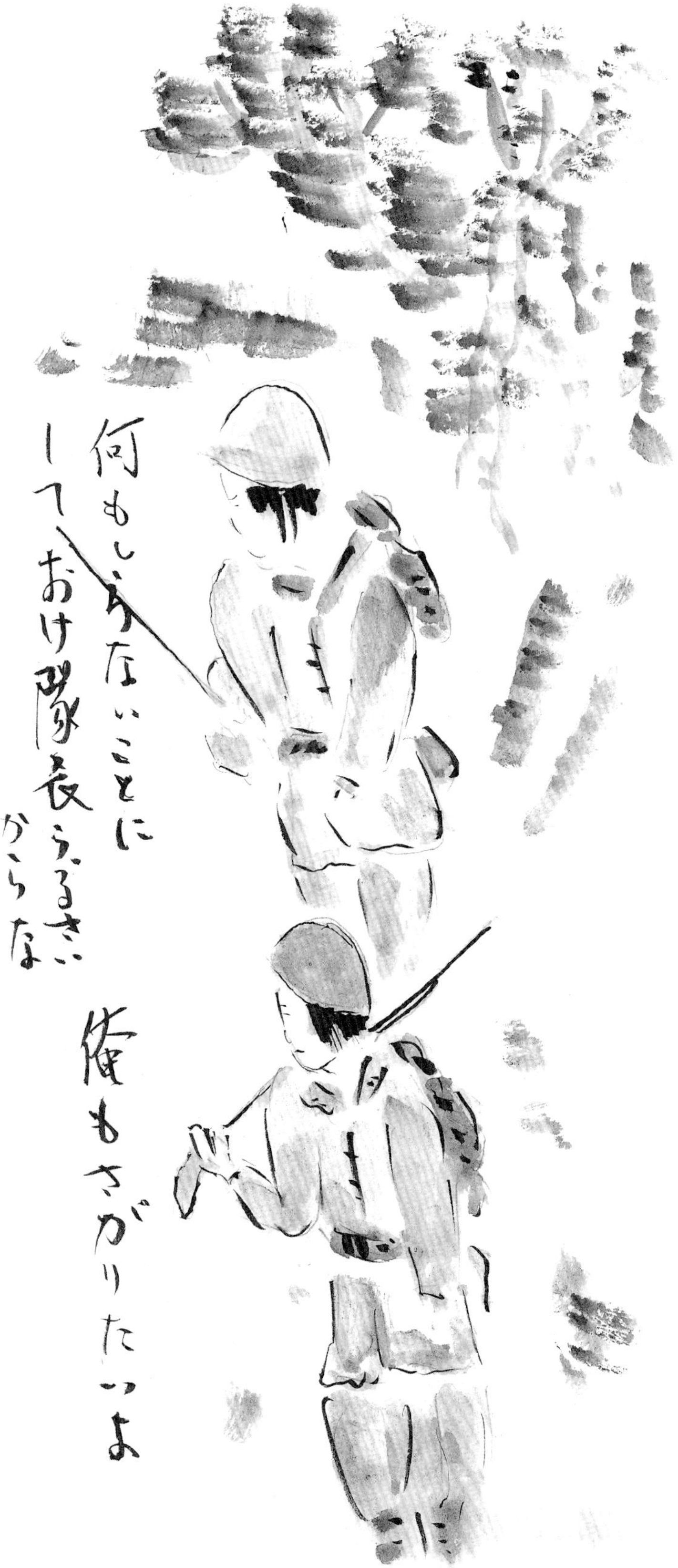
何もしらないことに
しておけ隊長うるさい
からな
俺もさがりたいよ

しらみ捕りの最中

敵機の来襲で思わず頭から壕に飛び込む。

小さな渡河点

雨季になると小さな河も水量が急に増え、茶褐色の水がごうごうと流れる。日本軍は船舶が少ないので、渡河点はどこも順番待ちであった。幾日も待たされる間に、大勢の兵が倒れ、渡河の岸は死者が重なり合っていた。

現地人も恐れる密林

現地人も恐ろしがって入らなかったインド・アッサム州の密林。こんなところを予防策も医薬もないまま一気に攻撃した。そして伝染病、マラリヤ、赤痢、コレラ、栄養失調のため、退却中の日本軍六万余が戦病死した。英軍は日本軍を追撃するのに飛行機で殺虫剤、ＤＤＴ、消毒薬を密林の中へまいて入った。現地人の話では、この密林へ入って成功した軍隊はないとのこと。「気候風土が悪い。恐ろしいから、あんなところへは入らないよ」

日本軍は無茶だよ
ビルマ人もあんな処へは
入らないよ

担送

インド・ビルマ国境での退却は、雨季の中、誰もわが身だけで精いっぱいであった。日毎に体力の消耗が激しくなる。担送される傷病兵の中には、申し訳ないと自爆する者も出てきた。実に悲惨であった。担架もろとも患者を深い谷底へ投げ捨てたり、密林の中へ置き去りにしたことも…

看護婦

女性の身でこんな奥地まで連れてこられただけでも気の毒だが、傷病兵の看護にあけくれ、心身をすり減らしたことであろう。密林の中で飯盒《はんごう》片手に野草を摘む姿に出会い「看護婦だ、日本人だ」と騒いで近づいてびっくりした。顔は土色で皮膚は乾き、胸のふくらみも消えるほどやせて、女性とは思えない。花咲かぬまま若い命を異郷の山奥で散らした看護婦も大勢いたであろう。

まだ温かい

食べる物がないことは実に恐ろしい。密林の中で兵が一人で休んでいると、二人の兵が来て「こいつ、まだ生きている。温かい」と話しながら出てゆく。こうして友軍の兵の肉を取り歩き、兵隊同士で物々交換したり、売りつけたりしていた。

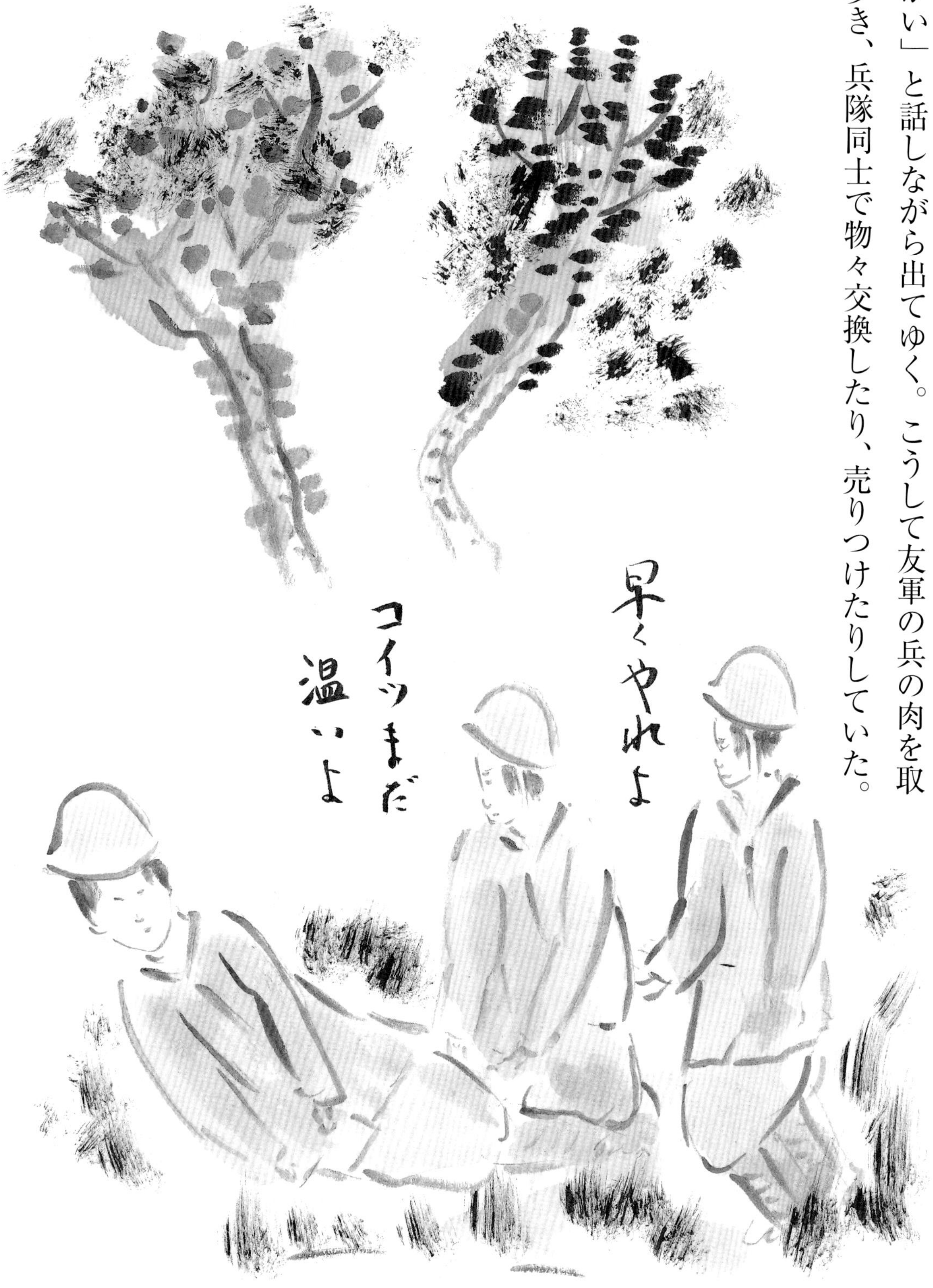

補給

英軍の補給は空から落とされる。五十個ぐらいあった。こっちへ来るのは爆撃と機銃掃射だ。

一つぐらいこちらへ流れてこないかなあ。

砲撃と個人壕

豪雨の中、一日中、敵の砲撃を受け、個人壕の中に身をひそめる。壕の中は水がいっぱいで、下半身はふやけて白くなる。やがて壕はそのまま墓穴になっていく。イラワジ河会戦にて。

東京への道

インドのコヒマ、インパール道に入って驚く。二、三千メートル級の高山が続くこの山奥に、幅十メートル余の軍用路が、しかも舗装されていた。日本では内地でもまだ舗装道路が少なかった時代である。こんな国と戦っても勝てるわけがないと、つくづく感じた。英印軍はこの道を使い、朝から晩まで軍事物資を輸送していた。これでは雨季も心配はなかったであろう。英軍はこの道路を「東京への道」と言っていた。

物量の差

　ビルマ派遣軍は命令通り戦ったが、いかにせん戦車をはじめ空には飛行機、どうすることも出来なかった。物量の差であった。飛行機が来てくれたらと、つくづく感じた。戦車爆破の斬り込み隊も、戦車に行き着く前に、英軍の自動小銃でほとんどやられてしまった。

機銃掃射

戦友と天幕を張り、やれやれと横になっていると、敵機の爆音が聞こえてきた。今日はばかに早いなと思ったが、疲れていたのでそのまま横になっていた。グラマンは急降下して機関砲を撃ち始めたので、あわてて二十メートルほど走って窪地に飛び込んだ。敵機は何回か旋回してゆうゆう引き上げた。天幕へ戻ると、一面に硝煙がただよい真っ青。天幕は機関砲弾で大きな穴だらけだった。逃げるが勝ちだ。

白骨に軍服

モーレ、タムは日本軍兵士の墓標なき墓場であった。ぬかるみの道にも密林にも白骨化したものから新しいものまで、死体が入り乱れて転がっていた。河原のカヤ原では、小さな塚のように盛り上がっている場所に、必ず死体があり、カヤの肥料になっていた。水際近くに土手にもたれて座ったままじっと川を眺めている兵士がいた。幾日たっても動かないので近づいてみると、軍帽をかぶり軍服を着た白骨だった。船を待ちこがれて死んだのであろう。

インパールの大湿地帯

インパール戦が始まり、日本軍は退却する英国・インド軍を甘く見て、インパール平野まで破竹の勢いで追撃した。しかし、これは英軍の作戦であった。これで補給路が長く延びてしまった。インパール平野は大きく広い湿地帯であった。日本軍は少ない戦車を無理して出動させた。湿地帯は雨季の真っ最中で沼が深く、小さい日本の戦車は動きがとれず、ほとんど戦わずして、英軍の戦車に泥の中で動きを封じられた。

死臭の水

チンドウイン河に向かって黙々と歩く。山に入ると沢にきれいな水が静かに流れていた。あまりにきれいだったので腹いっぱい飲む。うまい。死臭がするとだれかが言う。しばらく行くと、友軍が三、四名、重なり合って沢で死んでいた。死体からはウジがボロボロ落ちて流れていく。こんな光景が続いた。

アッサムのターザン

インパール方面では朝から砲撃が鳴り響くなか、山村（チザミ）を死守すべく警備した。村は焼畑で陸稲とケシを作っているようだった。夕方になると、裸で腰に鉈《なた》をさした村の首長らしい大男が、一キロほども離れた向こうの村へアーアーと叫ぶ。「英軍のスパイだ。日本軍の様子を知らせているのだ」などと噂した。昔映画で見たターザンそのもので、我々は「アッサムのターザン」と呼んだ。

盗んだ飯盒

密林の中で飯盒《はんごう》を盗んだ兵がにんまりと蓋をとって驚く。むっといやな匂いがして、戦死した戦友の遺骨が入っていたのだ。思わず飯盒を谷底へ投げ捨て、ふるえていたという。南無阿弥陀仏…

消し炭のおかげ

印緬国境の夜は寒く、たき火をした。その消し炭を持って歩く。下痢止めの薬にするのだ。消し炭のおかげで助かった。日本軍には下痢止めさえなかったのだ。

靴がなければ歩けない

インドから退却中、豪雨の中で。靴は底が抜けて、ボロを巻いての行軍であった。

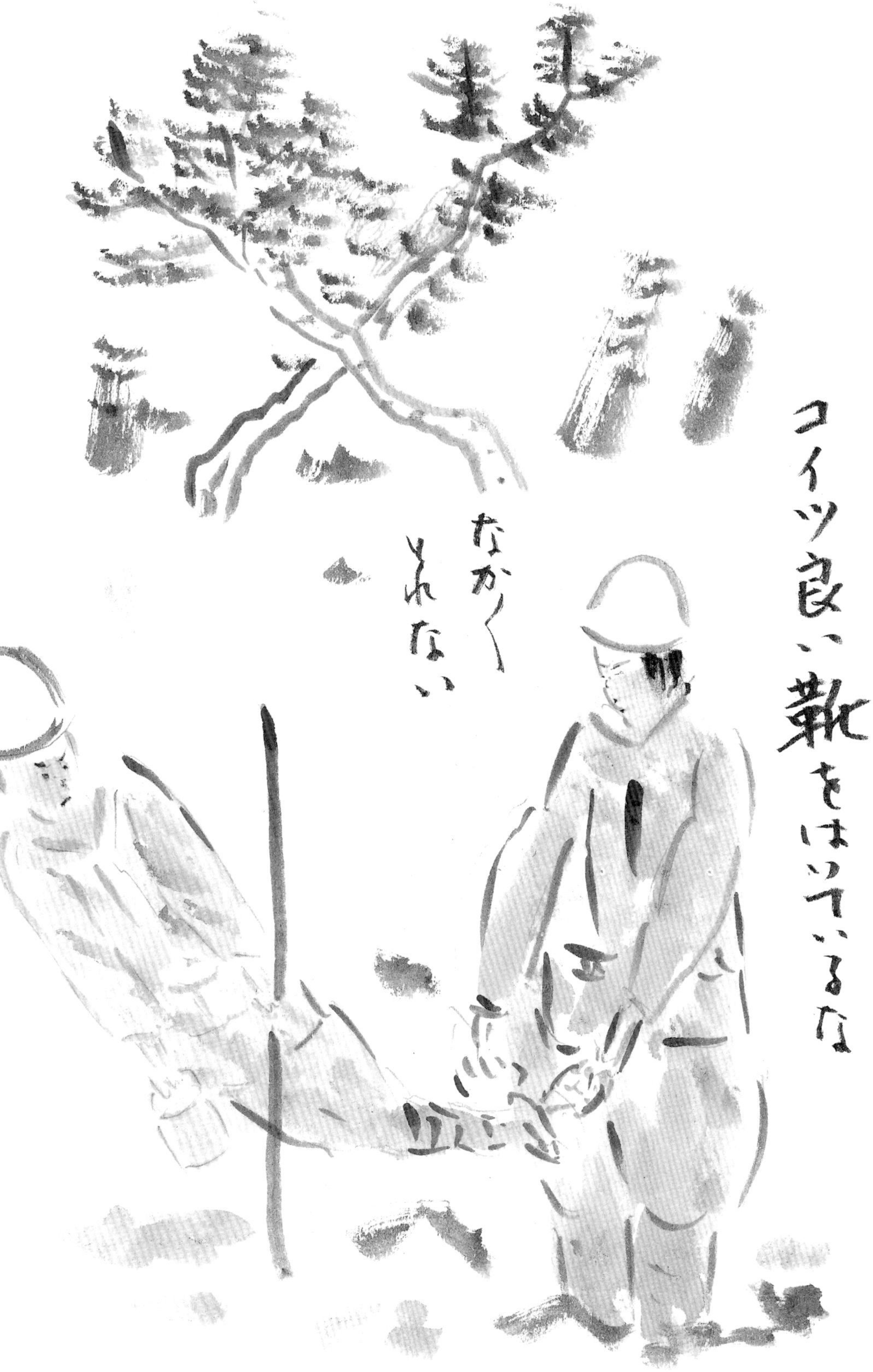
とらないで下さい
自分も後から行きます

軍のうそ

退却になってから糧を求めてウクルルへ着いたが一粒の米もなく、兵は途方にくれる。次はフミネといわれ、また重い足を引きずってようやく着いたが何もない。軍はどこまで騙すのか。苦しいなか今度はミンタへ。雑木林が高くて飛行機の心配はなかったが、一面の湿地帯でマラリア、赤痢が待っていた。もう軍隊ではなかった。ばらばらになり、杖をついてフラフラと魔のチンドウイン河に向かう。

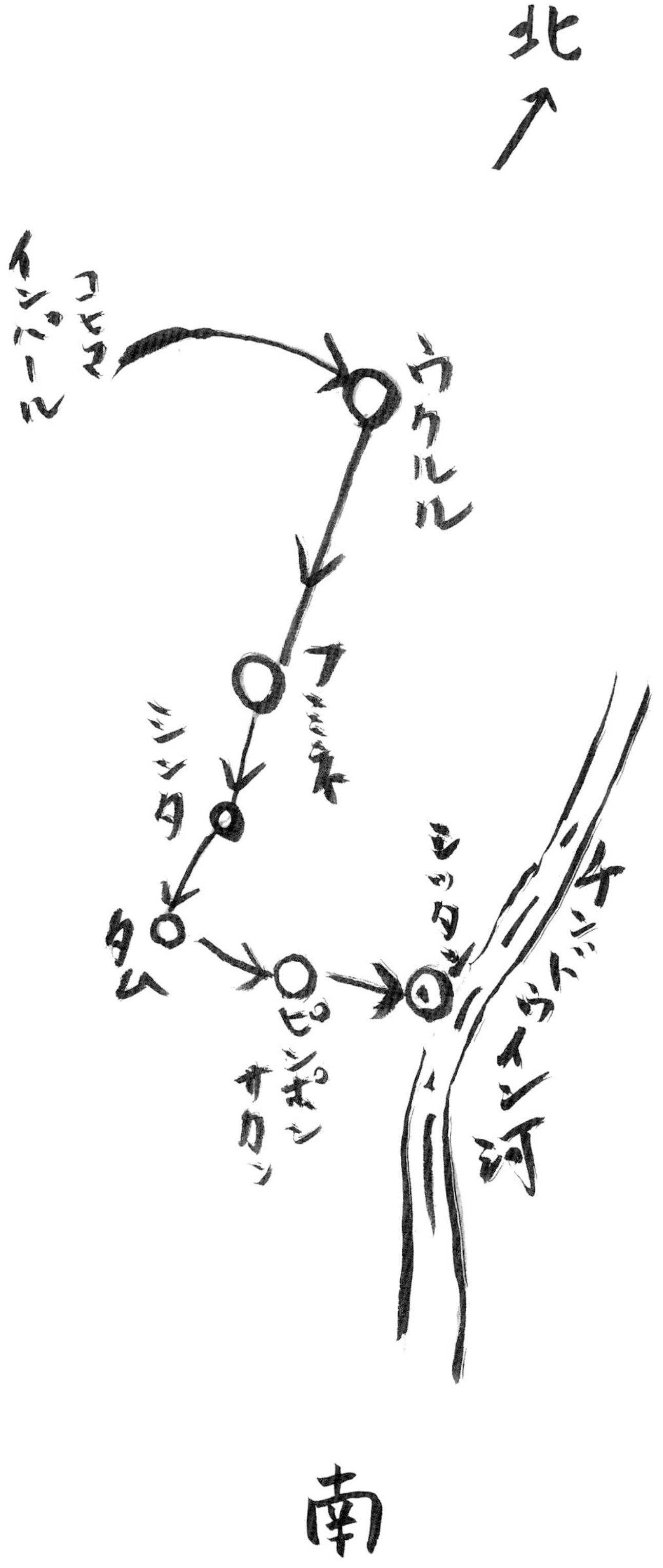

たどり着いた魔の河

次はシッタン、シッタンと自分に言い聞かせたどり着いた。やはり何もなかった。みんな途方にくれる。渡河も船がないのでできない。待ちきれずに筏をつくって渡河を試み、河中で機銃掃射された者も多いと聞いた。薄暗い竹やぶの中で雨に打たれる。それでも司令官は「インパールへ行け」と命令していた。

爆撃跡の穴

シッタン渡河点で、歩ける者が少ないので下士官と二人で死亡者の確認に出掛ける。三キロほど行くと死臭が漂ってきた。ここは患者収容所があったところだ。近くに英軍の爆弾でできた直径十メートルほどの穴があった。その中に死亡兵が捨てられていた。山のように重ねられている。少しだけ土がかけられ、手足や頭がのぞいている。悪臭とハエがいっぱいで、とても近寄れない。冥福を祈りながら引き上げてきた。

ようやく渡河

魔のチンドウインをやっと渡河することになった。中隊長、下士官、自分の三名。烈兵団で最後と聞いた。中隊長が責任をとってしんがりを務めたのだと思う。丸太をくりぬいた現地の船、船頭も現地人だった。座るといっぱいで、ぐらぐら揺れる。上流から直径一メートルもある大木が次から次へと流れてくる。それをからくもかわし、何とか対岸へよじ登ることができた。しかし、ここからが酷暑のビルマ平原、白骨街道になるのだ。

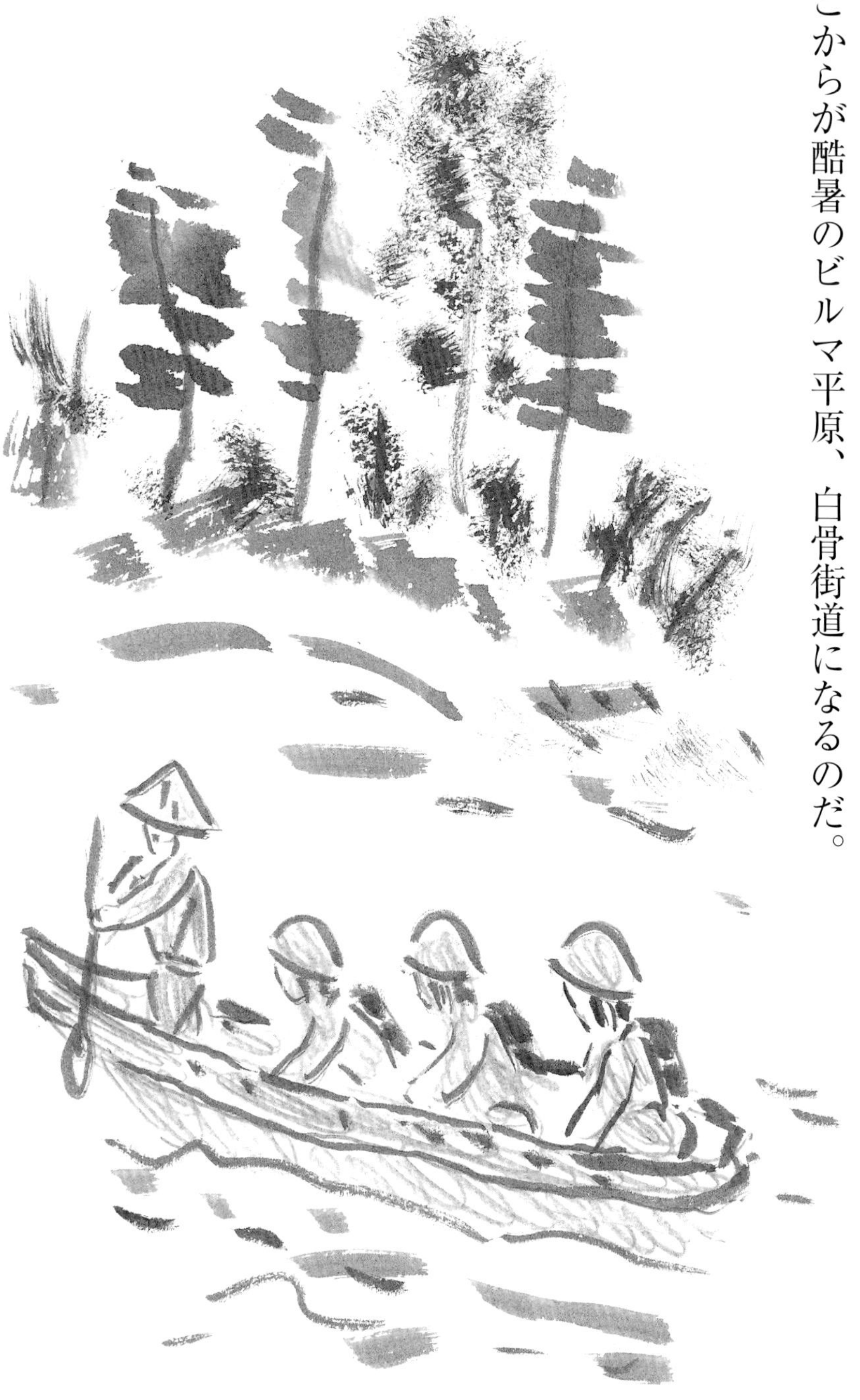

物乞い

インパール戦の退却中、密林の山道で「兵隊さん、何でもいいから食べるものをください」と、手を合わせ物乞いする日本兵が多かった。やりたかったが、こっちも何もなかった。

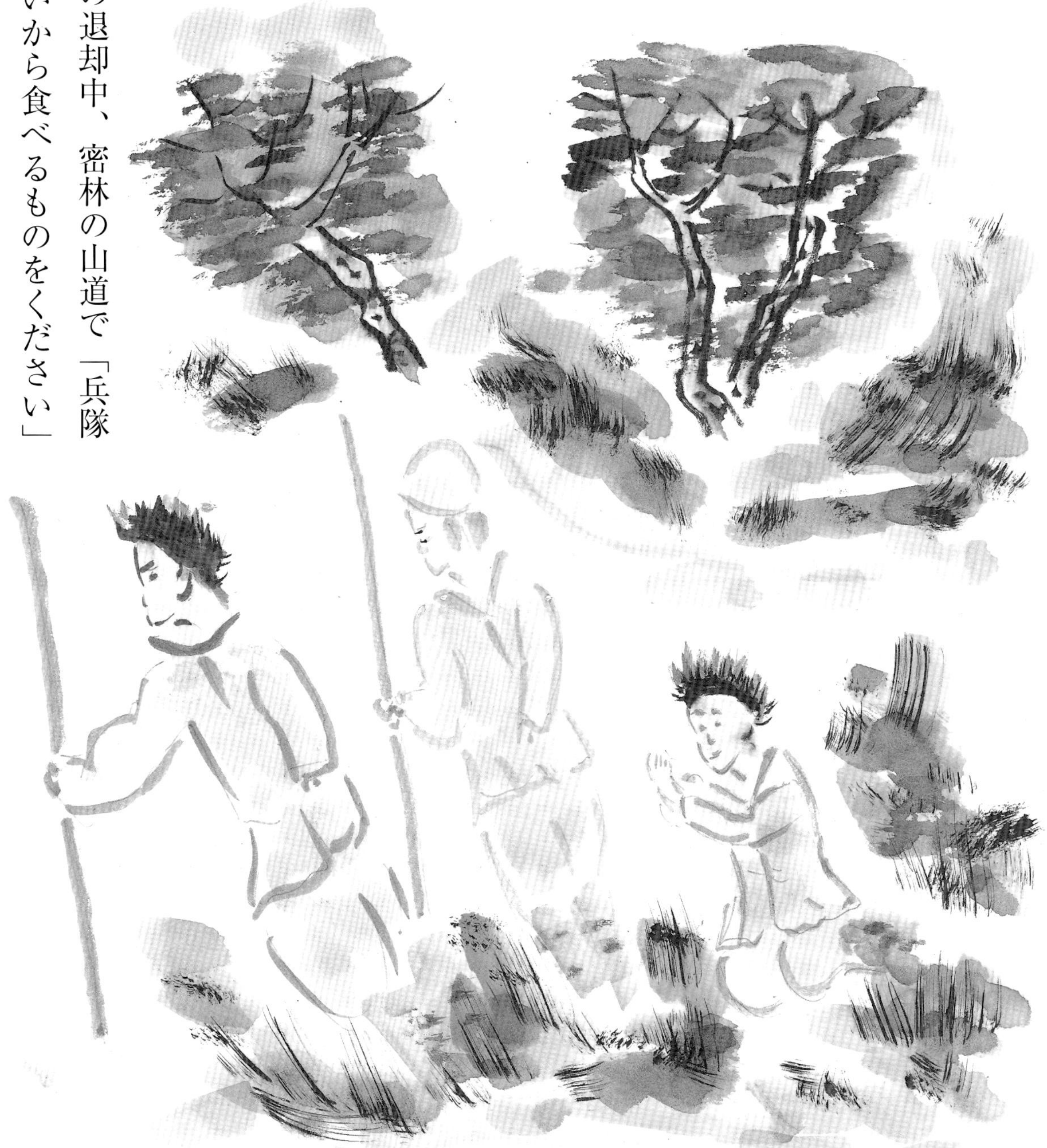

分隊長と兵の悲話

見知らぬ兵が肉を売りに来たが、分隊長と兵は断った。翌朝しばらく行軍していくと、一人の兵が大きな木の根元で寝ていた。よく見るとズボンをずらし、足の肉が大きく切り取られていた。二人は驚くばかり。「夕べ売りに来た肉はこれです。ひどいことをしやがる」「かわいそうに、これでは戦はできない」そう話しながら、またビルマ平原へ反転する。

帝国軍人の末路

糧秣をはじめ何一つ補給なく、栄養失調や伝染病に悩まされながら、豪雨でどろどろになった山道を、杖を頼りに一歩一歩ビルマ平原へ退却する。敗残兵という言葉がぴったりだった。これが建軍以来、無敵を誇った帝国軍人の末路なのだ。

哀れ敗残兵

兵士たちの服装も哀れであった。口ぱっくりの靴をひもで縛っているのは良い方で、靴をなくし毛布を切って足に巻きつけて歩く者や、はだしで歩く者が大勢いた。軍衣もちぎれ上半身裸の者、ぼろぼろのズボンに棒切れのような細い足を突き出している者、赤痢やコレラにかかって軍袴《ぐんこ》も汚れフンドシで歩く兵士もいた。もはや軍人の姿ではなかった。

地雷を避けながら

英軍が地雷を埋設してある道路を恐る恐る行軍する兵士たち。イラワジ河会戦にて。

イラワジ河戦

インパール戦中止の命令も届かぬまま、昭和二十年、イラワジ河戦に突入。夜の行動ばかりで、夜明けごろから木の下で横になって休む。戦車の音はずっと聞こえていたが、疲れているので眠ってしまう。突然ものすごい戦車のキャタピラの音で目を覚ますと、五十メートルほど先に大きな戦車があたりを蹂躙《じゅうりん》していた。砂ぼこりでほとんど何も見えない。これは大変と後方へ走り続けた。この戦での敵戦車は二、三千台と聞いた。

軍紀

日本軍は軍紀厳正を称えたが、それは下級の兵に対してであり、上級者ほど免れて恥じず、しかも無責任であった。敗戦の日本将兵がインド・ビルマ国境で、飢えと傷病に苦しみながら、雨中をさまよっていた時、早々チンドウイン川を東に渡り、ビルマ平原に去ったのは軍司令官その人であった。

歩けなければ死

中隊長と下がってきた時、患者護衛隊に配属された。下士官以下十名。「中隊長殿、中隊へ早く帰してください。とても出来ません。患者付き添いならいいですが、『歩けない者は処理しろ』というのです。我々にはとても出来ませんから帰してください」。歩けない者は死すべしであった。

飯盒だけは

兵器を捨て、軍人であることを放棄して、人間として生き抜こうとするぎりぎりの姿。捨てる物は何もない。米もなく塩もない。それでも飯盒《はんごう》だけは持って歩いた。日本全軍の歩く病兵が、力尽きて死ぬ前に、いちばん多く見られた姿であった。

悪魔の日本軍

わが部隊ではないが、単独であるいは徒党を組んでの悪魔の所業も見聞した。友軍兵士から米や塩を強奪し、背嚢《はいのう》の中に金や貴重品があれば取る。程度のいい靴をはいていれば襲ってはぎ取り、食糧と交換する。抵抗すれば殺す。新しい死体の腰からももの肉を切り取って、牛馬の肉と偽り売りつける者までいた。

鉄かぶとでモミつき

インド・ビルマ国境で糧秣の補給がなく、現地人からもらったモミを鉄かぶとでつく兵士たち。こんなことで日本は勝つかなあ。

英軍の放送

インパール平原では、夕方になるとこんな放送が聞こえてきた。「日本の皆様、今日の戦闘はもう休みにしましょう。ぜひこちらへ来てください。温かいミルクがたくさんあります」。さらに大きな音で音楽が平原一帯に響き渡る。英軍はダンスをしているようだ。我々は夜も休みなく手榴弾を持って敵兵舎へ斬り込みにゆくのだ。ほとんど帰ることができなかった。

東京音頭や
故郷の唄の音楽が
アアーに温いミルクか

終戦

日本は必ず勝つと信じていた。八月二十五日、敵機よりまかれたビラを見て驚く。日本無条件降伏と大きく書かれていた。とても信じられなかった。やがて敵機が低空でゆうゆう飛んできて、機銃掃射も爆撃もしない。これで本当に日本は負けたと悟る。八月末、武装解除される。その後、英印軍の捕虜として、中部ビルマの町メークテイラーで、二年間の重労働に服役する。

涙の見送り

終戦によりビルマの田舎村へ入る。日本は焼けているからビルマにとどまれと村人がすすめる。「坊さん修行を三年すれば一人前で、女房も世話する。強くなって英軍を負かしてくれ」と逃亡をすすめる。その言葉に従って逃亡した者もいたようだ。三、四カ月お世話になり、メークテイラーへ出発。村人は総出で見送ってくれ、泣いている人もいた。本当に良い人たちであった。

捕虜生活

いままでとは反対に自分たちが捕虜になってしまった。残念でならない。いつ帰れるのか分からない、本当につらい二年間であった。労働は朝八時から夕方五時まで。周囲には鉄条網が張られ、黒人の歩哨《ほしょう》が目を光らせていた。

ドラム缶の風呂

敗戦になって何年ぶりであろう。ドラム缶風呂に入ることが出来た。ゆっくりシラミを取ることも出来る。負けてよかった。これでは、もっと早く負ければよかった。

虱もゆっくりとれる
負けてよかった
ドラム缶風呂にも入ることが出来た

迎船

昭和二十二年五月、日本へ帰ることが決まった。今度は本当であった。何回だまされただろう。五月上旬、メークテイラーを出発、ラングーン港へ集結。迎船が来た。五年いたビルマとお別れだ。船が大海に出る。黄金色のパゴタがだんだん小さくなっていく。ほんとに良い人たちであった。船内は暑いのでみんな甲板で涼んでいる。南十字星がとてもきれいだった。二週間の船旅で広島の呉港へ。上陸第一歩の感激を忘れることはできない。

望月耕一（もちづき・こういち）

大正11年(1922) 11月25日庵原町（静岡市清水区）生まれ
昭和17年12月　中部13部隊入隊
　　18年３月　南支広東104師団編入
　　18年４月　烈兵団衛生隊車輌中隊指揮班に転属
　　18年６月　仏印（ベトナム）転進
　　18年７月　カンボジア（プノンペン）転進
　　18年８月　バンコク進駐
　　　　　　　中旬、マレー半島（ペナン）上陸
　　18年９月　ビルマ（ラングーン）上陸
　　18年11月　北ビルマに転進
　　19年３月　インパール戦参加
　　19年８月　インド―ビルマに反転
　　20年１月　イラワジ河戦に参加
　　20年５月　サルイン河防衛戦参加中終戦
　　22年５月まで抑留捕虜生活
　　22年６月　復員

瞼のインパール 改訂版

*

平成18年3月31日初版発行
平成18年8月31日初版第2刷発行
著者・発行者／望月耕一
発売元／静岡新聞社
〒422-8033 静岡市駿河区登呂3-1-1
電話054-284-1666
印刷製本／石垣印刷
ISBN4-7838-9659-3 C0095